幸運到老

老年修行入門手冊

講述
第9世堪千創古仁波切

藏譯中
阿尼蔣秋卓瑪

審訂
堪布羅卓丹傑

The Karmapa

第十七世大寶法王噶瑪巴推薦序

無比幸運的老年新世代

談到老年，往往好像就有一種生命會變得陰暗的感覺。現今因為少子化的關係，各個國家人口開始趨向高齡化，也投入了很多資源作老年的研究與福利照顧，不久的將來，我相信「老年一族」會不同以往，變成社會的新趨勢，是一個充滿活力的老年新世代。

如同創古仁波切在本書《幸運到老：老年修行入門手冊》所說的，「能夠活到老，真的是一件非常幸運的事」，尤其在這個世代，如果能活到老又能有機會接觸佛法，開始修行，那又將會是無比幸運的事。

我常常有機會接觸到遠從西藏來到印度見我的西藏老人家，他們來見我時，往往是抱著此生一見的心情，但是有別於其他人來見我時的請求，他們卻只對我說著：「祈求世界和平！」這樣的時刻，總是讓我深深的感動，也會讓我想起我的外婆。

我的外婆是位盲人，但她總是很認真的轉著經輪，一邊持誦著觀世音菩薩的心咒。在我的印象中，雖然她看不見，但她總是面帶著笑容、心情愉快。不論是西藏的老人家或是我的外婆，我相信他們之所以在老年還過得如此清淨、開心、無所求，都是因為在他們的心中有佛法的緣故。

創古仁波切是我的總經教師，也是兼具學養與實修，備受藏傳佛教四大教派推崇的上師。這本《幸運到老：老年修行入門手冊》，是第一本針對老年人的修行入門書，書中仁波切所介紹的修行方式，簡單淺顯卻極為精要。

創古仁波切一生的清淨修持，化為如此簡要的文字，

相信其間的每字每句，都蘊含了仁波切深切的祝福與加持！我在這裡也祝福因此書而得遇佛法的讀者，擁有無比幸運的老年，幸運到老！

第十七世大寶法王噶瑪巴　鄔金欽列多傑

2017年3月

喜樂的祝福

祈願這本書能夠利益所有眾生得到喜樂，尤其是能利益到現今的老年人、病人和病患的家屬們。書中有一些簡短的提醒和建言，希望對各位有幫助，我也會一直為各位祈福的。

吉祥如意！

創古仁波切

2016年10月15日

於加拿大溫哥華創古寺

＊本書為2016年10月創古仁波切於加拿大創古寺接受採訪之內容。

壹

老年的意義

一、
老，是一件幸運的事

仔細想想，能夠活到老，其實是一件非常幸運的事。如果我們在很年輕時就過世了，也就不可能會邁入老年。

現今二十一世紀，有很多國家，已經開始邁入高齡化的社會，很多人也漸漸的步入老年。的確，老年人的想法，會跟一般人不太一樣。但是，如果總是想著我已經老了、沒用了、我很可憐，這樣的想法其實沒有什麼意義。為什麼呢？如果仔細想想，能夠活到老，其實是一件非常幸運的事。如果我們在很年輕時就過世了，也就不可能會邁入老年。

現在是修持的好時機

年輕的時候，我們為了生活、為了養家糊口，需要努力去工作，也許沒有太多的時間去修持佛法，也可能沒有機會接觸到佛法。然而，這一段要為生活奔波的時間已經經歷過了，如今年老了，也進入退休的狀態，已經比較有機會修持佛法、接觸佛法，比較有時間去學習能夠利益今生與來世的佛法，為此我們真的應該要好好去努力，要把握這樣的機會，多去課誦、行善，尤其要盡力去實修，這是很重要的！

我們應該用這樣正面的想法，去思考自己的老年。其

實，仔細想想，這個世間不是只有我們會老，任何一個人都會老去，這是世間不可改變的定律，我們也沒有辦法去改變它。所以，應該要好好的利用這樣的機會修持佛法，如此一定會有成果。

最寶貴的是經驗

如果你現在是老年人，這輩子可能已經經歷了很多波折，也有一些生活的經驗，可以開導現今的年輕人。以你曾經經歷過的成功與失敗來分享，告訴他們成功的時候應該要用什麼樣的心態去面對，失敗的時候需要用什麼樣的心態去處理，不要因為一時的成功而生起嫉妒、傲慢的心，也不要因為面臨生活的失敗挫折而放棄。

要鼓勵年輕人，為自己好好去考慮，要分享這一生寶貴的經驗，這就是身為老年人的責任。身為一位老年人的你，對你自己的小孩或一般的年輕人，不論他們是否聽得進去，也要用善良的心去分享你的經驗、給予建議，要把它當作是你的責任。

任何人都會老

如今，此生世俗的生活也算告一段落了，能夠這樣長壽，應該要想這是一個很難得的機會，應該要生起歡喜心、快樂的心，要覺得是很快樂的一件事。世間上的任何一個人都會老，都是一樣的，所以能夠老是一件很幸運的事！用這樣的心態去想，不僅對身體健康有用處，心也會比較自在，對我們身心都有很大的利益。

在平時也可以作大禮拜或繞佛塔，這樣不僅是一種修行，也是一種運動方式。如果生起了嫉妒心、傲慢心、瞋恨心，甚至感到傷心的時候，我們要好好去思惟這種想法是錯誤的。要時刻提醒自己，今生能得到暇滿人身，學習佛法，是非常幸運的一件事！

二、

我的年老，來自於加持

我個人覺得現在的這一切，都是第十六世大寶法
王與白度母的加持。雖然年紀大了，會有許多辛
苦的地方，但我也一直過得很開心自在。

能夠邁入老年，真的是一件非常幸運的事！在我的家鄉有一種說法，五十歲是人最年輕的時期，以我自己的經驗來看，也覺得這種說法很有道理。

在我五十歲的時候，沒有覺得自己老了；到了六十歲時，感覺稍微老了一點；七十歲時感覺老了滿多；現在到了八十歲，就覺得變化比較大，好像上一個月的身體狀況與這個月就會有所不同。

法王說：你要修持白度母

在我十一、二歲的時候，跟老師、家人從青海玉樹前往楚布寺拜見第十六世大寶法王。當時我跟法王都很年輕，家人希望我能在法王那裡領受一個灌頂，於是就向法王祈請，並且請示法王我應該修哪個本尊。

第十六世大寶法王當時跟我說：「人要長壽，所以你應該要去修持白度母。」法王並且給予了我白度母的灌頂。之後，我就在楚布寺閉關修持白度母一個月左右。

能有這樣難得的機會，都是因為第十六世大寶法王的恩德。記得第十六世大寶法王當時還跟我說：「上師、祖古、仁波切一定要長壽，因為佛教弘法利益眾生的事，要由他們去承擔，所以他們一定要長壽才能延續下去。」

我現在能夠活到這個歲數，雖然是老了一點，但是任何一個人都會老。因此，我個人覺得現在的這一切，都是第十六世大寶法王與白度母的加持。雖然年紀大了，會有許多辛苦的地方，但我也一直過得很開心自在。

我一生中也有許多病痛

我的這一生中有許多病痛，例如曾經腿上長膿瘡，還有前陣子膝蓋開刀等等。從康區來到印度錫金時，因為水土不服，加上醫療條件很差，當時病得比較嚴重，後來一直吃藏藥調理，才慢慢好起來了。

幾年前有一次眼壓很高，狀況比較嚴重，我自己也感

覺可能很快就要走了。

現在我身體最大的困難是，膝蓋不是很好，所以走起路來不是很方便，有時也會很痛。膝蓋開刀以後，醫生說還需要很長時間的復健、練習，侍者也會提醒我要再做這個或那個姿勢。有時我也會覺得這些復健很無聊，好像沒事一樣整天就是走來走去。

以前我在印度錫金時，有一位商人叫達華才仁，他曾經也膝蓋開刀，但開刀後醫生讓他復健，結果他說：「為了醫好膝蓋我才開刀，現在都開完刀了，膝蓋應該就好了，所以也沒必要做復健。」因為他這種想法，不做復健，後來就沒辦法走路，不久之後也往生了。我想到他時，就覺得自己還是應該要好好聽醫生的話，要按部就班復健比較好。

接受老，就是一件好事

對於老年人來說，比較困難的是走路不方便，有時會身體不舒服，有時腳痛等等。以前要穿一件衣服，扣

鈕扣是一件很容易的事情，但是現在老了，手會一直發抖，所以連要扣一顆鈕扣也變得很困難。老年人還有睡眠的障礙。我有時也有睡不著的狀況，睡不著我就會提早起床，利用這個時間來修行。

雖然會經歷這些「老」的過程，走路各方面可能不如上個月，覺得不舒服等等，但心態上不要去感嘆我已經老了，還是要正面去想「老」是一件好的事。即使我們只剩一個月的壽命，也更應該要好好的把握，多去課誦、行善和實修。

壹

老年的意義

三、
心態，讓老變得不同

保持開心、平靜的心情。當我們不開心的時候，
要試著不要去想太多，這樣會對身心都有幫助，
而且也能延緩老化。

藏族的老年人，平時一般會去繞塔、作大禮拜，這是一種修行，也是一種運動的方式。由於文化不同，不同地區的老年人也是會有所不同的。但是，我想主要的差別還是在於有沒有認識佛法。

揮別負面想法

一般的佛教徒，平時有時間就會去聽課，或是待在家裡念經課誦或者實修，相對來說比較沒有那麼容易傷感。非佛教徒的老年人，大部分是在沒有佛法的地方，或者也沒有機會認識佛法，即使生活過得很好，還是會覺得負面的想法比較多，一旦退休沒有工作做了，更會感到無聊、孤單。

老年人最要注意的，就是不要悲觀，心不能一直想著負面的事情，總是想著「哎呀！我老了，我很辛苦」之類負面的事情。

要注意平時不要有嫉妒心、傲慢心、瞋恨心，生起這些念頭時，就要去想，這些負面的想法對我們沒有用。

的確，不同處境的老年人，會有不同的煩惱與痛苦。譬如有些老年人瞋恨心比較強，容易生氣；有的身體上的病痛比較強烈等等，而這些其實都有可以面對的方法。

煩惱也要因緣具足

經典中說：「由未斷隨眠，及隨應境現，非理作意起，說惑具因緣。」例如一位瞋心重的老年人，他具有瞋心的隨眠煩惱，只要看到一個讓他生氣的對境時，就會生起非理作意。

意思是他就會一直想著讓他生氣的那個人，曾經對他做過的壞事，即使對方可能根本沒有做過傷害他的事，但因為非理作意的影響之下，就會覺得對方曾經傷害過他。

當「隨眠」、「對境」、「非理作意」這幾個因緣條件具備時，「惑」——煩惱就生起了。這種時候可以用如理思惟的方式去對治，也就是比較理性、正面的去

想：對方當時可能也有不得已的原因，也是情有可原的，而且自己當時一定也有做錯的地方。透過這樣的如理思惟，會讓我們的瞋恨心稍微減少，同時也比較能夠生起慈悲心。這就是瞋心比較重的老年人可以做的修持。

生起對佛法的信心

有些老人是心理上很痛苦，但一直自怨自艾是沒有用處的。要去想想看，在這個世間上，其實很多人跟我一樣受著痛苦，並不是只有我一個人在苦。

應該要試著去想，自己能為受著痛苦的人做些什麼呢？你可以去做的是為他們祈福、迴向。這樣的思惟和修持，會減少自己的擔憂和痛苦。

總之，要試著讓自己生起對於佛法的信心，無論是念經、繞塔、禪修等等，這些都很有幫助。

一般地區，雖然沒有像藏區就近就能有繞塔、大禮拜

的機會，但是很多漢傳佛教法師的佛行事業廣大，建立了很多讓人感到歡喜的莊嚴、清淨寺院。像是臺灣的佛光山，環境非常的清幽，有時我還覺得就連尊者和法王噶瑪巴的住處都比不上那裡。

因此，可以說華人是很有福報的。雖然一般地區比較難有佛塔，但也可以多去朝禮寺院，到寺院參訪、禪修、供養、祈請發願這樣都是很好的。

另外，有些老年人可能患有重疾，身體上受著許多痛苦，這時候應該要修持藥師佛的儀軌，持誦藥師佛的咒語，向藥師佛祈請等等。

為年老感到歡喜

身為老年人，我有一種心態，是時刻提醒自己、告訴自己：這樣老去是很好、很幸運的，證明了我能夠長壽。既然我們有這麼好的壽命，我們就應該要多去修行、實修等等。

應該要樂觀一些，要感到歡喜，並且提醒自己：不是
每個人都可以像我這麼長壽，能夠這麼長壽，也是一
件不容易的事，要好好去珍惜，生起這樣的歡喜心。

保持開心、平靜的心情。當我們不開心的時候，要試
著不要去想太多，這樣會對身心都有幫助，而且也能
延緩老化。身心的平靜與快樂，對我們都會有很大的
幫助。

四、
活到老，也要學到老

佛法會讓一個人內心得到平靜、詳和，很多時候我們被煩惱、無明、嗔恨、嫉妒、貪心所困擾，不僅心理上痛苦，也會造成身體上的不健康。解決這些問題的關鍵，就是修持佛法。

在「六度波羅蜜多」中，首先就是布施。布施可以分為三種：財施、無畏施、法施。物質的布施為財施，放生是無畏施，而其中最重要的是法的布施。只要你能聽聞到一點佛法，對佛法有一點的體會，就會有很大的利益。

美國紐約911的恐怖襲擊時，如果有些喇嘛或者在家居士，有機會跟那些人稍微講解一些佛法，跟他們解釋殺那麼多人沒有什麼好處，也許他們聽到這些，可能事情就會有回轉的餘地。但是，因為沒有這樣的人對他們說法，他們被自己的瞋恨心驅使，不僅自己死亡，也傷害了非常多其他的生命。因此，我覺得講說佛法是很重要的。我們應該要好好學習佛法，學習之後跟更多的人講說佛法。

佛法會讓一個人內心得到平靜、詳和，很多時候我們被煩惱、無明、瞋恨、嫉妒、貪心所困擾，不僅心理上痛苦，也會造成身體上的不健康。解決這些問題的關鍵，就是修持佛法。

如何修持佛法

應該如何修持佛法？佛陀曾經做過一個最精要的開示：「諸惡莫作，眾善奉行，自淨其意，是諸佛教。」這個偈文主要講到三個要點。

第一個要點就是要斷除惡業，第二個要點就是要多行善，第三個要點就是自己的心不要被煩惱擾亂，要調伏自心。佛法的精髓就是斷除十惡，行持一切善，所謂止惡行善的根本，就是調伏自心。因此，平時我們要隨時觀察自己的心，有沒有生起瞋恨、嫉妒、傲慢等等，需要有覺知、不放逸。

「覺知」就是在平時觀察自己在做什麼、想什麼，因為平時生起貪、瞋、痴的煩惱時，自己很難知道，所以透過覺知，要看看自己是不是具有貪、瞋、痴。「不放逸」的意思是，當我們知道自己生起了煩惱心，覺知到時，就要警惕自己，不要放逸，要心存善念。平時保持這樣的覺知和不放逸，並且持誦六字真言的話，是非常好的。

這三個要點主要是讓人們了解，可以透過兩種方法了解佛法，一種是從開示講課了解佛法，一種是從文字的傳播了解佛法。

隨手可得的善知識

開示佛法時，有時候有些人能聽得懂，但有些人也可能不是很明白；開示佛法的善知識，可能有時候有時間，有時候沒有時間；聽法者可能前面聽懂了一段，但是後面又沒有聽懂，有時是後面聽懂了，前面又沒有聽懂……會有這些情況。然而文字的傳播，例如閱讀佛法書籍時，就比較沒有這樣的問題，因為我們可以慢慢閱讀，反覆思惟，所以我覺得佛法書籍的出版是很重要的。

就長期學習佛法而言，雖然可以依止善知識、喇嘛或者在家居士等講法者學習佛法，但是他們不一定能有時間完全配合我們的學習，而佛法書籍的出版，就可以依我們自己的時間自己去調配閱讀。因此，可以說佛法書籍其實也就是我們的善知識，無論何時，只要

隨時有空或有興趣，你都可以從書架上取出來閱讀、學習，無論是睡前，飯前飯後，或者工作休息的時候，都可以隨手閱讀。

藏文保留了梵文經典

近幾年來，有很多高僧大德到華人地區給予開示，許多精通藏漢語言的譯師，也漢譯了許多藏傳佛典。同時，華人地區原來就有很多翻譯很好的佛書，例如古代就有的漢譯佛經。平時要多看這些佛書，可能第一次看時不會很明白，但是慢慢多看幾遍的話就會了解，了解內容就會幫助你對佛法生起信心。

現在有很多會說中文的上師、喇嘛出來講經，但是平時學生也不要過於依賴會說中文的善知識，也應該要試著去學藏文。為什麼要特別學藏文呢？以前西藏是一個比較落後的地方，交通等等基礎設施都不是很發達，但是從藏王松贊干布開始，到祖孫三王（赤松干布、赤松德贊、赤祖德贊），都有很多很好的藏文譯者費盡千心萬苦，才把原始梵文的經書翻譯成藏文。

在前弘期的藏王，他們為了佛法經典，耗費了許多金錢與苦心譯經，到了後弘期雖然沒有藏王的支持，但是在公元八到十世紀，當時印度的那爛陀佛學院和超戒寺都處於鼎盛期，有很多有名的學者與瑜伽士，由於當時西藏譯師們的毅力，他們到了印度，在那裡聞思修，才將這些梵文佛經譯成藏文。

到目前為止，當時所譯的經典都延續保留到現在。然而，現今印度的佛法已經衰退，梵文也沒落了，當時很好的法本卻仍保存在藏文中。所以，學習藏文對於閱讀當時的梵文經典，有很大的幫助。

為了佛法而學習藏文

不過，如果為了經濟的利益學習藏文，那就沒什麼用處了。如果自己能夠發心學習藏文最好，或是能去支持贊助藏文的學習教育也是很好的。我記得以前在臺灣講法時，我說的是藏語，翻譯時是一位外國人把藏語翻成英語，再由一位華人譯師從英語翻成華語。那時候覺得這樣的方式有點可惜，因為藏人跟華人的生

活可以算是在同一個環境中，能直接藏漢或漢藏翻譯就好，那時卻還有英語的翻譯在中間插一腳，實在感覺是多餘的。

漢傳佛教當中，也有很多殊勝的譯師前往印度學習，並且把佛經譯成了中文，這些經典，我們也都可以好好的學習。我聽說中文的佛經因為是使用文言文，對現在的人比較難以閱讀，但是藏文從古至今沒有太大的變化，所以如果能學習藏文的話，對佛經的閱讀與理解上會有一些幫助的。即使沒有辦法把藏文學得很精通，但是如果能懂得基本的「昆秋森」（三寶）或是「帕惹度勤巴竹」（六度波羅蜜）也是非常好的，我的意思是，如果是為了佛法而學習藏文，那是非常有意義的！

壹　老年的意義

貳

老年修行入門

一、

入門的修行

當我們沒辦法認真學習佛法時，如果觀修無常，就能生起「我應該要修持佛法」的念頭。接著開始學佛之後，有時會比較懶散沒辦法專注時，觀修無常就會讓我們變得很精進。

人是不是可以好好的修持佛法呢？是可以的，因為我們得到了暇滿的人身。在天道、阿修羅道、人道、畜生道、餓鬼道、地獄道的輪迴六道中，能夠好好修持佛法的就是人道，因為只有人道得到了暇滿的人身，如果是畜生道或其他眾生就沒有像人道有這麼好的機會。人道不只是能夠修持佛法，即使世間的生活跟其他道的眾生比起來也會比較好。

雖然世間的生活的確應該要努力，但是如果過於執著，人生就會變得沒意義，最後死亡變成屍體時，就沒有任何利益可言。百萬富翁面臨死亡的時候，什麼財富也帶不走；皇帝、丞相、官員面對死亡的時候，什麼權力也沒有了。

所以，我們應該要修持佛法，能夠修持佛法也只有人道，所以要努力修持佛法，這樣就會利益到自他的一切眾生。我們不能浪費人生，如果浪費這樣的人生，就等於浪費了這樣難得的暇滿人身，暇滿難得的人身不是想得到就能得到，所以真的要好好珍惜。

無常，是一種鼓勵

經典中說：「無常是一開始鼓勵進入佛門的助緣，接著是在過程中鼓勵行者精進的鞭策。」觀修「無常」雖然不是一件讓人很開心、快樂的事情，但是觀修「無常」對我們的修行會有很多的幫助。

當我們沒辦法認真學習佛法時，如果觀修無常，就能生起「我應該要修持佛法」的念頭。接著開始學佛之後，有時會比較懶散沒辦法專注時，觀修無常就會讓我們變得很精進。

如果我們一直觀修無常，最終會有什麼好處呢？經典說：「無常是最後成功的友伴。」最後我們會發現，觀修無常，會幫助自己在修行上得到成就。因此，要經常觀修無常。

從日常看無常

密勒日巴尊者曾經說：「文字的經典我沒有讀過，因

為萬物即是經典。」觀修無常不一定是透過經典、論典，其實觀修無常可以從外在物質的變化中去體會。

以春、夏、秋、冬四季的變化過程來說，無常是從冬天變成春天、春天變成夏天、夏天變成秋天，秋天變成冬天；從一天的變化過程來說，無常是從白天變成黑夜；從植物生長來說，無常是從花開到花落；甚至從災難來說，無常也可以從地震、水災、火災、風災的四大災難中體會到。

我覺得現今最能夠體會無常的──是看電視，每天播放的新聞，都是在講世間的災難，都是在告訴我們無常。所以，這些都是觀想無常的一種方式。

變化是人生

無常有「外在器世間的無常」與「內在情世間的無常」。外在器世間觀修無常的方式，就是上面提到的從春、夏、秋、冬的變化中體會，從外在的變化體會無常。內在情世間觀修無常的方式，就是從親朋好友

的離去中可以去體會，譬如：有些人童年就夭折了，有些人很年輕就往生了，還有中年、老年等等的變化，這些都會發生在我們的人生當中，都可以從中去體會到這樣的無常。

不管是外在器世間與內在的情世間，都是無常，都在慢慢變化當中，平時我們就能夠體會到、看到。外在器世間的無常，就是一切的物質都在變化中，沒有一個是恆常不變。內在情世間的無常，我們就可以看看周圍，有多少人生病、有多少人老去、有多少人往生、出生，這就是生、老、病、死。不管是人類、動物也好，都會在一代代的變化中延續下去，這就是人世間的狀況。

生命如泡沫

在四加行的儀軌中有一段偈文：「次觀一切情器悉無常，尤以有情性命如泡沫，何時命終難料死成屍，於彼法能利故應精勤。」

無常有「剎那的細微無常」及「延續的粗略無常」。「剎那的細微無常」是指一切物質變化的過程，比如大地隨時在改變，身體也一直在變化。人剛出生是嬰兒，慢慢成長到童年、成年到最後變成白髮蒼蒼的老人，這些並不是一天中變化而成的，而是一分一秒、一天一天、一個月一個月慢慢變化的。這種「剎那的細微無常」是南傳佛教思惟無常的方式。

雖然說一切都是剎那細微的無常，但藏傳佛教觀修無常的方式，最主要是在觀修「延續的粗略無常」。這種觀修無常的方式，讓我們能不太執著今生。為什麼我們今生無法精進的修行、不能斷惡行善，主要的原因是我們過於執著今生，覺得今生很重要，因此就沒有辦法斷惡行善。如果想要消除煩惱、痛苦，就需要去觀修「延續的粗略無常」，如偈文當中所說：「次觀一切情器悉無常」，也就是去觀修「外在器世間的無常」與「內在情世間的無常」。

人類就像水中的泡沫，可能瞬間就會消逝，有些人上一秒還在講話，但是下一秒就走了，可能是在工作中

發生意外走了，也可能是生病了幾個月不敵病魔催殘，有的人則是年老後自然往生，還有些人童年就走了等等。所以偈文說：「尤以有情性命如泡沫。」人生真的就像水中的泡沫一樣。

「何時命終難料死成屍」，意思是我們很難預料什麼時候會面臨死亡，也許是幾個月、幾年後都很難預知，死亡的時候身體就變成屍體而已。生前我們會對自己的身體百般呵護，穿好看的衣服、吃好的食物，但是死後身體就變成了一具屍體，這時候對我們有幫助的就只有佛法。

偈文最後一句說：「於彼法能利故應精勤。」能夠利益今生的也只有佛法。如果今生好好學習佛法，能幫助我們的來生投生在善道，投生善道我們才能夠有機會再接觸到佛法，或是投生到極樂世界，而這些都要取決於自己是否精進的修持。佛法是自利也是利他的方法，所以要精進修持佛法的內容。

無常來臨時

其實，身為人類的我們，應該更能有所體會「無常」的，因為人類的壽命比較短，而且很難預測什麼時候會生病、離去。很多時候我們都在擔心，我會死去嗎？我的親人會離我而去嗎？我會生病嗎？等等。總是在這樣的擔憂當中度過，然而，從這些擔心中，才應該更能夠體會到無常的。

雖然人一生到老會經歷許多無常，但有些時候即使是老年人，也很難一直想到無常。如果平時能觀想無常，對修行也會有所幫助。所以要時刻提醒自己，這世間的一切包括自己擁有的財產、親朋好友，當無常來臨時，我們什麼也帶不走。

當然也不是說只有老年人要觀修無常，世界的任何一個人也都要觀想無常，也都要面對無常，這樣就不會覺得只有自己在面對無常而感到孤單。

二、
慈悲的修行

如果我們為了自己的快樂，而去占他人的便宜，就會變成別人過得不好，而只有自己好。把自己的快樂建築在他人的痛苦上，這樣就會與慈悲心背道而馳。

慈心與悲心，在修行上、在世間的生活中，都是很重要的。慈心就是希望眾生得到快樂的心，悲心就是想要眾生離開痛苦的心。

消除自我的執著

我們平時都會有一個執著自我的心，這種心就是「我執」，會讓我們覺得自己很重要，自己一定要過得比他人好。但是，這樣的想法是不好的嗎？

不是不好，只是如果我們為了自己的快樂，而去占他人的便宜，就會變成別人過得不好，而只有自己好。把自己的快樂建築在他人的痛苦上，這樣就會與慈悲心背道而馳。

應該要如何生起慈悲心呢？就是要消除我執，並且設身處地去關愛他人。如果以自身為例，當我們生病、擔心、勞累、老去、煩惱時，都不希望自己有這樣的痛苦，同樣的，別人也不會希望自己有這樣的痛苦，別人也同樣的想要得到快樂。

因此，我們不要去傷害他人，造成他人的痛苦，應該
關愛他人，使他人得到快樂。

自他平等

我們還可以用「自他平等」、「自他交換」的方法，
去練習比自己更關愛他人的心，以此來培養慈悲心。
「自他平等」的方法，就是要了解到一切眾生、別人
都像我一樣，都是想要得到快樂、離開痛苦，所以
「我」（自）跟眾生（他）都是平等的。

應該用這樣的方式去想，放下只是覺得我很重要的自
我執著，覺得他人不重要的想法。這樣的練習方式就
是「自他平等」。

自他交換

「自他交換」的觀修方式，就是設身處地，把自己當
作對方，把對方當作自己來想。

如果對他人生起嫉妒、傲慢心時，你要想如果自己是
對方，會是什麼樣的感受？當被人猜疑嫉妒、被人輕
視的對象，變成你自己時，會是什麼樣的感受呢？

藉由「自他交換」的觀修方式，就可以降伏煩惱，並
且慢慢的就能對他人生起慈悲之心。

三、
持咒的修行

「觀世音菩薩」的名號，在念誦時就要觀想前方真
的有觀世音菩薩。雖然我們沒辦法真的看到觀世
音菩薩，但菩薩的智慧心永遠眷顧著我們。

在藏地一般會持誦的咒語，就是觀世音菩薩的六字真言——「嗡嘛尼唄美吽」。

六字真言的念法

六字真言有六個咒字，就是「嗡嘛尼唄美吽」，有時候最後會再多加一個「舍」字，所以也會念成「嗡嘛尼唄美吽舍」。

「舍」字代表的是觀世音菩薩「心」的智慧。一般我們說的三怙主，就是象徵「智慧」的文殊菩薩，象徵「慈悲」的觀世音菩薩，和象徵「力量」的金剛手菩薩。其中代表大悲觀世音菩薩的「舍」字，則是觀世音菩薩心的智慧，象徵利益一切眾生的慈悲，所以在最後也會念誦「舍」字。

有些人會念成「嗡嘛尼唄美吽」，有些則會在最後加上「舍」字，念成「嗡嘛尼唄美吽舍」。

不同的上師教法不同，所以六字真言會有這兩種不同

的念法。但是，不論念的是「嗡嘛尼唄美吽」或「嗡嘛尼唄美吽舍」，這兩者的持咒功德都沒有區別。

呼求觀世音菩薩

六字真言的意義，有兩種不同的解釋。

第一種解釋，「嗡」是「啊・喔・嘛」三個字的合集。「啊・喔・嘛」這三個字是身、口、意的代表，「嗡」字是這三字的縮簡代表。

「嘛尼」是珍寶，「珍寶」就是代表觀世音菩薩心的智慧。

「唄美」代表的是蓮花，蓮花出淤泥而不染。在修行的過程中我們必須有所取捨，「嘛尼」（珍寶）代表的是取十善、證得佛果；「唄美」（蓮花）代表的是捨十惡，斷除所有的惡業。「嘛尼唄美」（珍寶蓮花）就是觀世音菩薩的名號。

為什麼要把觀世音菩薩的名號放在六字真言中呢？因為有時候當我們需要尋求某人的幫助時，就會呼喊對方的名字，所以這裡為了求得觀世音菩薩的幫助、加持，因此我們在祈請時念誦他的名號。

最後的「吽」字，則是代表一個句子的完結。

六道輪迴是六種煩惱

另一種解釋是，六字真言代表救護六道眾生出離六道的輪迴。六道輪迴是因為眾生的六種煩惱而產生，所以為了救護眾生出離六道的痛苦，因此會念誦六字真言。

六道眾生的第一道是「天人」。投生天道是因為無法斷除傲慢的心，所以為了消除傲慢的心，要透過念誦「嗡」字，消除這種傲慢心，這樣就不會投生天道。成為輪迴中的天人，最大的痛苦就是知道自己即將死亡的痛苦，所以念誦此字可以消除這樣的痛苦。

「嘛」字代表消除「非人」（阿修羅道）的苦。投生成「非人」是因為有很大的嫉妒心，「非人」最大的痛苦就是因為嫉妒而與天人鬥爭，為了消除這樣的痛苦，所以會念誦「嘛」字。

「尼」字代表消除「人類」的苦。投生人道是因為有貪欲，人道最大的痛苦就是生、老、病、死，為了消除人道的痛苦，所以會念誦「尼」字，消除貪欲，這樣就不會再投生到人道，也就不會有生、老、病、死的痛苦。

「唄」字代表消除「畜生道」的苦，投生畜生道是因為愚痴的心，念誦「唄」字就能消除愚痴，這樣就不會投生到畜生道，並且能消除畜生道中愚痴的痛苦。

「美」字代表消除「餓鬼道」的痛苦，投生餓鬼道是因為吝嗇，餓鬼道最大的痛苦是飢餓跟口渴，念誦「美」字就能消除吝嗇，進而消除餓鬼道飢餓跟口渴的痛苦。

「吽」字代表消除「地獄道」的痛苦，投生地獄道的因是瞋心，而地獄最大的痛苦是冷熱的痛苦，念誦「吽」字，就能消除瞋心，進而消除地獄道的痛苦。

因此，第二種解釋的意義是，六字真言能消除六道的痛苦。

讓菩薩的心，永遠眷顧

修持觀世音菩薩的方法有很多種，例如千手千眼觀音，千手代表的是千位轉輪聖王，千眼代表的是賢劫千佛，所以我們也可以向千手千眼觀音祈請護佑。

或者比較普遍的修持是四臂觀音，觀音的四臂代表的是「息」、「增」、「懷」、「誅」四種事業。「息」是平息所有的痛苦，「增」是增加壽命跟福德，「懷」是懷攝眷眾和財富，「誅」是消除一切逆緣障礙。

在藏地一般念誦的六字真言「嗡嘛尼唄美吽」，與華人常念誦的「觀世音菩薩」聖號，基本上是一樣的。

如果你習慣念「觀世音菩薩」的名號，在念誦時就要觀想前方真的有觀世音菩薩。雖然我們沒辦法真的看到觀世音菩薩，但菩薩的智慧心永遠眷顧著我們。

平時能多念誦觀世音菩薩聖號或者六字真言都是非常好的。我們說有一種解脫是「見解脫」，意思是當我們看到寺院的佛像時就能生起信心，就能得到利益；另一種解脫是「聞解脫」，意思是聽聞到咒聲、佛號，心中也會得到利益。所以，能去參拜寺院或持咒，對於修行都是很好的。

貳

老年修行入門

四、

病痛的修行

希望世間所有的病人，都能從病痛中解脫，希望
世間沒有新的疾病，有疾病的人能消除疾病，沒
有疾病的人永遠不要得到疾病。

在大藏經《甘珠爾》當中，關於藥師佛的經典有兩部，一部只提到藥師佛本身，另一部則提到了八大藥師佛。在經典中講到，藥師佛為了讓眾生離苦得樂、消除病痛，發了十二個大願。

我認識的一對母女以前她們的健康不是很好，後來她們發心護持了加拿大創古寺大殿的千尊藥師佛佛像，真的慢慢的就越來越健康了。

我自己也有類似的親身經驗。以前薩迦法王曾對我說，我應該要去做一千個藥師佛的佛像。因為當時我的能力沒有辦法做一千尊藥師佛的佛像，所以在建尼泊爾寶達創古寺大殿的藥師佛時，就複印了一千張的藥師佛佛像，把這一千張的佛像裝臟在大殿的藥師佛像中，後來發覺這樣對我自己的身體也有很大的幫助。

所以，平時如果能夠發自內心的向藥師佛祈請，相信一定會有很大的利益與功德。

修持，是為了利益眾生

藥師佛儀軌有廣、中、略三種。平時我們修的是《藥師佛琉璃光法流儀軌》，這個儀軌也比較簡短、方便。

身為藏傳佛教的修持者，首先要皈依佛、法、僧三寶，其次為了利益一切有情眾生，要生起菩提心。修持藥師佛是為了利益一切眾生，也是為了一切眾生離苦得樂。

如果只是為了自己離苦得樂、自己消除病痛，雖然這種想法不會有什麼過錯，但是發心是比較狹小的。因此，我們應該要為了利益一切眾生，而去發心修持。

藥師佛就在前方

一般的觀想方式，有「自生觀想」與「對生觀想」的觀修法。在觀想藥師佛的時候，以「對生觀想」的方式開始。「對生觀想」就是觀想在自己的前方，有一個藥師佛的宮殿，宮殿中間有一尊主尊藥師佛。

主尊藥師佛端坐在一朵八瓣蓮花的中央。主尊藥師佛周圍的八個花瓣，從右邊的花瓣開始，其上依序坐有一位藥師佛，總共是七尊藥師佛。而在主尊藥師佛前方的花瓣上面，也就是剩下的那一朵花瓣上，放有《藥師經》。接著可以觀想周圍有十六大菩薩（指賢劫千佛時期的十六位大菩薩）和十方護法，但主要以觀想八大藥師如來（文殊菩薩、觀音菩薩、大勢至菩薩、寶壇華菩薩、無盡意菩薩、藥王菩薩、藥上菩薩、彌勒菩薩）為主。

迎請智慧尊

作完「對生觀想」後，接著是「自生觀想」，就是把自己觀想成藥師佛。

「自生觀想」為藥師佛後，就迎請「智慧尊」的加持。「智慧尊」就是從淨土迎請來的佛菩薩智慧尊，真正來到我們前方。在「對生觀想」與「自生觀想」的「誓言尊」藥師佛的心間，此時都有一個藍色的「吽」字，從「吽」字放射出藍色的光芒，到藥師佛

的淨土，迎請「智慧尊」藥師佛前來。

前來的「智慧尊」藥師佛，融入並加持了「對生觀
想」和「自生觀想」的「誓言尊」藥師佛，之後再放
射光芒迎請五方佛前來，給予「對生觀想」和「自生
觀想」的「誓言尊」藥師佛灌頂。

供養與禮讚

再來就是要供養、禮讚。供養時，從「自生觀想」的
藥師佛心間，變幻顯現出很多的供養天女，這些供養
天女供養七供，分別是水、花、香、燈、塗、果、樂
等。接著再供養八吉祥（法輪、法螺、法幢、寶瓶、
蓮花、雙魚、盤結、寶蓋）、八瑞物（寶鏡、黃丹、
酸奶、長壽茅草、木瓜、右旋海螺、朱砂、芥子）、
七政寶（輪寶、象寶、馬寶、君寶、臣寶、摩尼寶、
后寶）等，並且獻供四大洲（東勝神洲、西牛賀洲、
南贍部洲和北俱盧洲）、須彌山的曼達。

供養之後，天女會用美妙的聲音，唱誦〈藥師佛禮

讚文〉。

唱誦完〈藥師佛禮讚文〉的天女，化成光芒，融入到「對生觀想」藥師佛的心間，讓藥師佛歡喜。

持誦藥師佛咒語

接著是持誦藥師佛咒語「喋雅他・嗡・貝堪則・貝堪則・瑪哈貝堪則・喇雜薩目嘎喋・梭哈」。此時，在「自生觀想」與「對生觀想」的藥師佛心間，有一個藍色的「吽」字，「吽」字的周圍圍繞著藥師佛的心咒。

「自生觀想」的藥師佛心間放射出光芒，融入到「對生觀想」的藥師佛心間，「對生觀想」的藥師佛感到無比的歡喜，增長了他的慈心與悲心。之後「對生觀想」的藥師佛心間放射出光芒，融入「自生觀想」的藥師佛與所有的一切眾生。

這道光融入之後，所有一切眾生的惡業、煩惱、墮罪

都會消除。這時候一邊觀想，再一邊持誦藥師佛的咒語。最後，持誦咒語結束之後，所有的誓言尊、智慧尊都融入到自身，自身得到了很大的加持。

迴向一切眾生離苦得樂

觀修藥師佛的過程，有「生起次第」與「圓滿次第」。「生起次第」的觀修方式就是「對生觀想」與「自生觀想」。「圓滿次第」就是最後觀想所有的誓言尊、智慧尊藥師佛化光融入到自己的心間，自己和藥師佛無二無別。要心想自己證悟了藥師佛心的智慧，並在此在無造作的情況下，觀看自心的本質，安住於當下。

這就是比較簡短方便實修的藥師佛法門。修持藥師佛儀軌後，就要作迴向。迴向時不要只想到自己，而是要為了一切的眾生能夠離苦得樂，最終得到究竟的佛果。

迴向文：「所有病苦之有情，願能速離眾病苦，眾生

無量之病苦，祈願永遠不出生。」意思是希望世間所有人，都能從病痛中解脫，希望世間沒有新的疾病，有疾病的人能消除疾病，沒有疾病的人永遠不要得到疾病。

平時的觀修

以上的觀想如果太複雜，沒有辦法觀修的話，也可以簡略念誦〈藥師佛禮讚文〉，然後持誦藥師佛咒語，這樣就可以。念誦藥師佛的心咒，能使有疾病的人所吃的藥，它的藥力加強。透過持咒能夠利益一切自他的眾生，消除世間魔障所造成的傷害，最後自己的心也能平靜，得到慈悲的加持。

平時如果自己身體不舒服，身體的哪個部位疼痛的時候，就可以觀想一尊小的藥師佛在那個部位，小藥師佛流出甘露，讓自己的痛苦都消除了。如果心理上有痛苦，也可以觀想藥師佛在心間放射出甘露，讓我們得到平靜、詳和。

五、
我一天的修持

為了祈求世界和平、眾生的喜樂，我會念誦一些
祈願文，包括〈雪域安樂文〉、〈大手印祈願文〉、
〈西方極樂淨土文〉等等。

在噶舉的傳承當中有「三根本」的修持，就是上師、本尊、護法。所以，我自己一天的行程與修持，就是以這「三根本」來作修持的。

早上起來，我會向上師祈請，念誦《四座上師相應法》，向歷代的噶瑪巴祈請。很多時候我們會在不知道的情況下造作惡業，所以會再念誦〈三十五佛懺悔文〉，之後我會修持本尊，也就是修持由第十六世大寶法王噶瑪巴授予我的《白度母儀軌》，修持完之後就用早餐。

早餐後，會安排接見。前來接見我的人，有些是來祈請加持、有些是請求皈依等等。接見時間結束之後，就會看當時的行程，有時是授課、給予灌頂，或者自己寫書等等。

午後，我就會小睡一會兒。到了傍晚，會修持護法。修持完護法之後，為了祈求世界和平、眾生的喜樂，我會念誦一些祈願文，包括〈雪域安樂文〉、〈大手印祈願文〉、〈西方極樂淨土文〉等等，有時也會為亡者

超度，有時也為病者祈福等等而念不同的祈願文。

最近我在加拿大剛作完膝蓋手術，醫生告訴我，他的任務就是開刀，已經圓滿了，接下來的復健就要看我自己如何鍛鍊。

所以，現在復健的責任，就落在我自己身上了，必須每天配合復健師的指示復健。醫生告訴我如果沒有好好的復健，膝蓋就不會好，所以我現在每天要來回走路、按摩、針灸等等。

我自己是一個非常喜歡看書的人，所以只要有空都在看書，就像英文說的「have your nose in a book」形容的一樣，我的鼻子成天都埋在書裡。任何書我都很喜歡、很珍惜。

記得我們剛離開西藏到印度巴薩地區時，環境比較苦，那時要修法、要上課都很難找到法本，很難找到書。當時我們那裡大概有一百多位僧眾，但是就只有一部經書，每天一位僧眾只能輪流看一頁。

所以，那時能找到經書真的是非常困難的，後來慢慢才有一些用木刻版印刷的書。現今印刷出版的書都很好看，還有電子書，出版社出版的書籍精美又易於閱讀，能看書真的是很有福氣！

參

最後的準備

一、
疾病，是最好的機會

唯有自己親身經歷過生病的痛苦後，才能真正體會到那種痛苦，因為這樣的經歷，更可以幫助我們生起慈心跟悲心。

前陣子我見到一位中醫師，我問他歷史上什麼時候開始有中醫的？他說是從漢朝時開始的。當時的一位醫師撰寫了中醫藥方流傳至今，聽說那位醫師非常善良，本著救人濟世的善心，希望更多人都能夠得到治療。所以他撰寫的藥方寫得很清楚、詳細，也能便宜取得所需的藥，這樣即便負擔不起醫藥費的人，也可以得到治療。

有時想想，現今有些醫生的動機不太好，他們知道一些很好的醫療方式或者藥方，卻不願意傳授。所以，我覺得不管平時有沒有去中心或道場，或者是不是佛教徒，善良的心是非常重要的。可能有些人沒有宗教信仰，也還是一個很善良的人，總是願意支助弱勢團體、資助教育、給予醫療的照護等等，這是非常好的。

探病能轉病勢

現代許多人身患重病，例如癌症等等比較嚴重的疾病時，心情都會很低落。傳統上，過去的醫生習慣講一

些鼓勵的話，例如「沒有關係，慢慢會好起來的」，患者聽了心情也會比較好一點。但是，現代的醫生有時就會說「只剩下三個月的時間」，或者說「已經無藥可治，沒有辦法了」等等嚇人的話語，讓病人感到更加傷心和害怕。

有些病人因為聽了這樣的話，病情反而加重，每況愈下，結果反而連醫生說的三個月也熬不了。藏族諺語說：「探病無法除病，探病能轉病勢。」因此家屬或朋友前往探病的時候，應該多說一些鼓勵的話，例如說：「沒有關係，你慢慢會好起來的。」這種鼓勵的話，雖然無法消除病痛，但是對於病人的心理會很有正面的幫助，能夠轉變病情。

患者自己也要努力

站在病人的角度，要想到只要生而為人，都需要經歷生、老、病、死的痛苦，就像是動物會有愚痴的痛苦一樣，這些都是我們沒有辦法改變的事實。全世界的人口大概六、七十億，這當中包括自己，都是一樣要

經歷生、老、病、死的痛苦，無一例外的。因此，與其自怨自艾，我們更應該集中心力，好好去治療，可能就有機會好起來。

為了病情的好轉，可以多修持藥師佛的儀軌，念誦藥師佛的佛號和咒語。不管是對於今生或來世，對我們最有幫助的就是修持佛法，尤其是我們生病的時候，比起我們健康的時候更容易生起出離心，實修也會更有力量，如果自己好好利用這個機會是很好的。

為病所苦的時候，你還可以試著修持「施受法」。「施受法」就是發心讓眾生的痛苦由自己承受，並且把自己的快樂給予眾生。透過「施受法」這樣的修持方式，不但能夠利益到一切眾生，自己也會有很大的好處。

我的親身經驗

我平時課誦的時候，並沒有什麼特別的徵兆，但是去年（2015年）生病躺在病床上時，我做了一些

課誦，可能因為自己生起了一點出離心，有一次在深夜醒來時，在點滴瓶上看到了一尊畫上去的藥師佛。我很驚訝，眼睛揉一揉，再看了一次，心想我又不是在寺院，是在國外的醫院，怎麼可能會有藥師佛的像呢？

我相信這是因為我當時有生起一點出離心、虔敬心，再加上藥師佛的加持。自從看到藥師佛的畫像後，我的病情也越來越好了。還有今年我膝蓋開刀也比去年好得快，這是我個人的親身經驗。我並沒有覺得自己有那麼大的力量，但是，我相信能漸漸復原是因為藥師佛的加持力。所以，我們要時常祈請藥師佛，這樣不僅對自己好，也能夠幫助到他人。

給照顧者的叮嚀

噶瑪恰美仁波切所著作的《恰美山居法》裡也有提到，當我們的頭、心臟、肚子、膝蓋等等部位感到疼痛時，我們要觀想在我們痛的部位，有一個比較小的藥師佛，從他身上流出甘露，淨除我們的疼痛，這樣

是很有作用的。

不僅是生病的人自己可以這樣觀想，看護的人也可以為病患做這樣的觀想。不論是生病的人，或是照顧病人的，不要互相談論一些感傷、沒有意義的話語，不如用來實修，這樣說不定對病情還更有幫助。

當然很多時候自己沒有生病時，是沒有辦法體會到病人的痛苦，也沒有辦法體會到被病折磨的苦。唯有自己親身經歷過生病的痛苦後，才能真正體會到那種痛苦，因為這樣的經歷，更可以幫助我們生起慈心跟悲心。在生病的時候，應該好好把握生起出離心、虔敬心的機會，認真課誦、修持，一定會有很大的加持力。

二、
善念，是臨終關鍵

臨終前的念頭是很重要的，不能生起瞋恨心、傲慢心、嫉妒心等等，而是要生起慈心、悲心、菩提心，這樣對自己的中陰與來世都有很大的好處。

生病的時候，我們可能因為疾病的痛苦折磨，有時會想這樣受苦倒不如死了算了。年老或生病的時候，會有許多痛苦和不方便，這個時候我們應該想到的是——人身珍貴難得。即使只能活幾個月或幾年，也可以讓我們的生命活得更有意義。

珍惜人身，才能修行

身而為人才可以透過學習佛法，認識到自心，認識什麼是煩惱，進而降伏自己的煩惱，而不是以珍貴人身輕易放棄自己的生命。

很多人以為選擇放棄生命很簡單，這時應該去想想，放棄生命後是否能夠投生到一個快樂的地方，這實在也很難說。所以，真的應該要好好珍惜人身。

以佛法來說，死亡之後，業力還是會跟著你，對你來說也沒什麼好處，倒不如應該好好利用這個暇滿難得的人身，好好實修佛法，這樣對於病痛，對於我們的今生、來世、生生世世都會很好。

臨終善念，利益來世

有些人在臨終的時候，自己的家人或子女並沒有好好照顧、陪伴他們，因此而非常傷心、失望或者瞋怒，結果死的時候生起了惡念，這樣是不好的。

臨終者無論有沒有人照顧，如果能夠生起知足、感恩的念頭，心想：這輩子已經受到孩子、親人很好的照顧了，這樣的心念是最重要的。

臨終前的念頭是很重要的，不能生起瞋恨心、傲慢心、嫉妒心等等，而是要生起慈心、悲心、菩提心，這樣對自己的中陰與來世都有很大的好處。不論是不是佛教徒，臨終時都應該要生起善念，心也要保持清淨。

極樂淨土四因緣

在恰美仁波切的著作中，引用《阿彌陀經》裡的說法，提到往生極樂淨土需要具備四個因緣，當這四個

因緣都具備的情況下，就能順利投生至淨土。

四個因緣的第一個是觀想淨土，不論是從唐卡或圖像中所見，平時就要一直觀想淨土的樣子，這樣在臨終時就能想到淨土，投生到那裡。

第二個因緣是要累積福報，有些人喜歡護持中心或道場，但如果沒有接觸中心或道場的話，也可以選擇去幫助窮人、學校，給予經濟或教育的協助。

第三個因緣是要生起菩提心，要想一切眾生都能脫離痛苦，成就究竟的佛果。

第四個因緣是要發願，祈願自他一切眾生，不要投生到惡道，能夠往生極樂淨土。

逃避不如提早準備

很多老年人忌諱談論死亡，忌諱死亡其實是一個沒有什麼用處的妄念。有一個比喻，就像猴子玩耍時，突

然看到眼前飛來一隻老鷹要抓牠，這時猴子一害怕，就用手把眼睛遮住。光是遮住眼睛，是一個沒有作用的動作，因為老鷹還是會抓到猴子。

同樣的道理，我們對於死亡的忌諱和迴避，就像猴子遮眼一樣，是沒有什麼意義的，還不如儘早去為死亡作準備。

如果是佛教徒，就更應該把握時間，多去聽聞佛法、修持佛法，哪怕只是念誦一句六字真言、憶念一句口訣、生起一點點的慈悲心也好，都要好好去把握。

總之，一定要記得，每個人都會遇到病痛和死亡的，無一例外，只有選擇用對的方式去面對，這樣才會帶來利益。

參　最後的準備

三、

陪伴，是最好的照顧

子女，就要專注在「照顧父母」上，要對於「能夠陪伴在父母身邊，照顧他們」而生起感恩的心，這樣是最好的。照顧者，也是要以同樣的心情「侍病猶親」。

現代人有一種情況，就是孩子都不太關心和照顧年
邁的父母，平時也不聯繫，一等到生病或發生什麼
事情，才趕緊去看看父母。當然更不好的，是一心只
想著父母的遺產。應該要真的孝順父母，隨時關心他
們，這才是最重要的。

開心就是照顧

年紀大的人，有時會比較固執自己的想法，脾氣也許
也會變得比較差，喜歡嘮叨。這些可能會讓子女或照
顧者覺得不耐煩，但是這時候更應該要選擇安忍，生
起慈心、悲心，這樣他們才會感到開心，自己也能有
累積善業的機會。

人生病的時候，通常病人的情緒也會比較不穩定、容
易生氣，我們不應該回嘴，也不要生氣，要忍辱，看
病人需要什麼、想要什麼，都能盡量去滿足病人，讓
他開心，為他祈福、課誦、迴向，這才是最好的。

最後一程的提醒

身為子女或照顧者，在照顧生病的人時，要思惟生、老、病、死是每個人必經的過程，是自然的定律，所以不要難過傷心。如果照顧者自己傷心難過，生病的人也會因此傷心難過，最後病人往生了，照顧者自己也因此傷心欲絕的話，那就非常不好。

因此，如果是子女，就要專注在「照顧父母」上，要對於「能夠陪伴在父母身邊，照顧他們」而生起感恩的心，這樣是最好的。照顧者，也是要以同樣的心情「侍病猶親」。

最後，如果發現病人可能快要往生的時候，這時照顧者更要安定的陪伴著對方，要在身邊提醒他：「你就要往生了，要有善念，要好好祈請上師或佛陀。」等等。

如果病人平時有修持，提醒他不要忘記自己修持的法門，或者曾經學過的佛法義理。即使在生前沒有什麼

修持的經驗，也可以提醒臨終者修持「施受法」。

在「修心」的法教裡，提到「施受法」是臨終時最重要的法門之一。「施受法」是透過呼吸去觀想，呼氣時觀想將自己的快樂給予眾生，吸氣時觀想一切眾生的痛苦融入自己的體內。

如果是一位佛教徒，在臨終前依佛教的傳統，會給予臨終者阿彌陀佛與不動佛的灌頂，這樣不僅對臨終有幫助，而且也能利益來世。

病人往生之後，會為亡者修持破瓦法，結束後會舉行七七四十九天的超度法會，讓亡者在這期間能夠消除罪障，投生到更好的來世居所。

人生總有路可走

人生總是會遇到比較坎坷、不順的事情，但是我們不應該灰心沮喪。當摯親離世的時候，不要對人生失去信心，不要悲觀，要試著努力的活下去。也許你可能

會遇到佛法，人生也許也會因此有所改變。

在西藏有一位商人名叫諾布桑波，他曾經經歷了九次的生意失敗。諾布桑波在第九次生意失敗時，非常傷心，覺得為什麼自己一直失敗。

於是他躺在一片大草原上，沮喪失落時，他發現身邊的小草附近有一隻小蟲子，那隻蟲子奮力的想要爬上那株小草上，但是牠每爬一次就摔下來一次，一共上上下下爬了九次，當牠爬到第十次的時候，竟然成功的爬上去了！草上長著一顆果實，蟲子就吃到了那顆果實。

諾布桑波當時馬上有了一種體悟：蟲子都可以成功了，人更應該可以成功！諾布桑波受到蟲子的激勵，他又去做生意了，這一次他也真的成功了。

同樣的道理，逝者已矣，人生還是要繼續下去，不要因為摯親的死亡而過度悲傷想要自殺或選擇自殺。自殺是非常不好的事，對於自己、他人都沒有任何利益，只有傷害。只要繼續活著，就有機會活得很好，

所以我們的想法不應該短視，應該考慮得更長遠。

完成亡者的遺願

病者往生之後，照顧者不論是身為子女或任何家屬，當然會非常難受。但是，逝者已去，我們能夠做的最好的事，就是完成亡者的遺願 —— 自己好好活下去，珍惜生命，保持善心。這樣才能讓亡者走得安心，也是對亡者最好的利益。

最後，還有一點要特別注意，不論亡者是父母或任何人，他們所留下來的遺產，是用他們一輩子的辛血所積攢，所以不應該只是想著要瓜分亡者的遺產。應該要思考，為了能利益亡者，如何運用他的遺產去建寺院、佛塔或佛像。當然也並不是說一定要把遺產用於佛行事業，也可以去幫助學校、窮人或護生等等。

如果能把亡者留下的遺產作為慈善的用途，這樣一定會對亡者有利益，亡者一輩子積攢所留下的遺產，也因此有了價值跟意義。

附錄

藥師琉璃光如來本願功德經

* 《藥師琉璃光如來本願功德經》轉載自中華電子佛典協會 (CBETA) cbeta@ccbs.ntu.edu.tw

藥師琉璃光如來本願功德經

大唐三藏法師玄奘奉　詔譯

如是我聞。一時薄伽梵遊化諸國至廣嚴城住樂音樹下。與大苾芻眾八千人俱。菩薩摩訶薩三萬六千。及國王大臣婆羅門居士。天龍藥叉人非人等。無量大眾恭敬圍繞而為說法。

爾時曼殊室利法王子。承佛威神從座而起偏袒一肩右膝著地。向薄伽梵曲躬合掌白言。世尊。惟願演說如是相類諸佛名號及本大願殊勝功德。令諸聞者業障銷除。為欲利樂像法轉時諸有情故。

爾時世尊讚曼殊室利童子言。善哉善哉曼殊室利。汝

以大悲勸請我說諸佛名號本 願功德。為拔業障所纏
有情。利益安樂像法轉時諸有情故。汝今諦聽極善思
惟。當為汝說。曼殊室利言。唯然願說。我等樂聞佛
告曼殊室利。東方去此過十殑伽沙等佛土。有世界名
淨琉璃。佛號藥師琉璃光如來應正等覺明行圓滿善逝
世間解無上丈夫調御士天人師佛薄伽梵。曼殊室利。
彼佛世尊藥師琉璃光如來。本行菩薩道時發十二大
願。令諸有情所求皆得。

第一大願。願我來世得阿耨多羅三藐三菩提時。自身
光明熾然。照曜無量無數無邊世界。以三十二大丈夫
相八十隨好莊嚴其身。令一切有情如我無異。

第二大願。願我來世得菩提時。身如琉璃內外明徹淨
無瑕穢。光明廣大功德巍巍。身善安住焰網莊嚴過於
日月。幽冥眾生悉蒙開曉。隨意所趣作諸事業。

第三大願。願我來世得菩提時。以無量無邊智慧方
便。令諸有情皆得無盡。所受用物。莫令眾生有所
乏少。

第四大願。願我來世得菩提時。若諸有情行邪道者。悉令安住菩提道中。若行聲聞獨覺乘者。皆以大乘而安立之。

第五大願。願我來世得菩提時。若有無量無邊有情。於我法中修行梵行。一切皆令得不缺戒具三聚戒。設有毀犯聞我名已。還得清淨不墮惡趣。

第六大願。願我來世得菩提時。若諸有情。其身下劣諸根不具。醜陋頑愚盲聾瘖瘂攣躄背傴白癩癲狂種種病苦。聞我名已一切皆得端正黠慧。諸根完具無諸疾苦。

第七大願。願我來世得菩提時。若諸有情。眾病逼切無救無歸無醫無藥無親無家貧窮多苦。我之名號一經其耳。眾病悉得除身心安樂。家屬資具悉皆豐足。乃至證得無上菩提。

第八大願。願我來世得菩提時。若有女人。為女百惡之所逼惱。極生厭離願捨女身。聞我名已一切皆得轉

女成男具丈夫相。乃至證得無上菩提。

第九大願。願我來世得菩提時。令諸有情。出魔羂網。解脫一切外道纏縛。若墮種種惡見稠林。皆當引攝置於正見。漸令修習諸菩薩行速證無上正等菩提。

第十大願。願我來世得菩提時。若諸有情。王法所錄。縲縛鞭撻繫閉牢獄或當刑戮。及餘無量災難凌辱悲愁煎迫。身心受苦。若聞我名。以我福德威神力故。皆得解脫一切憂苦。

第十一大願。願我來世得菩提時。若諸有情。飢渴所惱。為求食故造諸惡業。得聞我名專念受持。我當先以上妙飲食飽足其身。後以法味。畢竟安樂而建立之。

第十二大願。願我來世得菩提時。若諸有情。貧無衣服。蚊虻寒熱晝夜逼惱。若聞我名專念受持。如其所好即得種種上妙衣服。亦得一切寶莊嚴具華鬘塗香鼓樂眾伎。隨心所翫皆令滿足。

曼殊室利。是為彼世尊藥師琉璃光如來應正等覺行菩薩道時所發十二微妙上願。

復次曼殊室利。彼世尊藥師琉璃光如來行菩薩道時。所發大願及彼佛土功德莊嚴。我若一劫若一劫餘說不能盡。然彼佛土一向清淨無有女人。亦無惡趣及苦音聲。琉璃為地。金繩界道。城闕宮閣軒窗羅網皆七寶成。亦如西方極樂世界。功德莊嚴等無差別。於其國中有二菩薩摩訶薩。一名日光遍照。二名月光遍照。是彼無量無數菩薩眾之上首。悉能持彼世尊藥師琉璃光如來正法寶藏。是故曼殊室利諸有信心善男子善女人等。應當願生彼佛世界。

爾時世尊復告曼殊師利童子言。曼殊室利。有諸眾生。不識善惡唯懷貪悋。不知布施及施果報。愚癡無智闕於信根。多聚財寶勤加守護。見乞者來其心不喜。設不獲已而行施時。如割身肉深生痛惜。復有無量慳貪有情。積集資財。於其自身尚不受用。何況能與父母妻子奴婢作使及來乞者。彼諸有情從此命終。生餓鬼界或傍生趣。由昔人間曾得暫聞藥師琉璃光如

來名故。念在惡趣。暫得憶念彼如來名。即於念時從彼處沒還生人中。得宿命念畏惡趣苦不樂欲樂。好行惠施讚歎施者。一切所有悉無貪惜。漸次尚能以頭目手足血肉身分施來求者。況餘財物。

復次曼殊室利。若諸有情。雖於如來受諸學處。而破尸羅。有雖不破尸羅而破軌則。有於尸羅軌則雖得不壞然毀正見。有雖不毀正見而棄多聞於佛所說契經深義不能解了。有雖多聞而增上慢。由增上慢覆蔽心故。自是非他嫌謗正法為魔伴黨。如是愚人自行邪見。復令無量俱胝有情墮大險坑。此諸有情。應於地獄傍生鬼趣流轉無窮。若得聞此藥師琉璃光如來名號。便捨惡行修諸善法。不墮惡趣。設有不能捨諸惡行修行善法。墮惡趣者。以彼如來本願威力。令其現前暫聞名號。從彼命終還生人趣。得正見精進善調意樂。便能捨家趣於非家如來法中。受持學處無有毀犯。正見多聞解甚深義。離增上慢不謗正法。不為魔伴。漸次修行諸菩薩行速得圓滿。

復次曼殊室利。若諸有情慳貪嫉妒自讚毀他。當墮

三惡趣中。無量千歲受諸劇苦。受劇苦已。從彼命
終來生人間。作牛馬駝驢。恒被鞭撻。飢渴逼惱。又
常負重隨路而行。或得為人生居下賤。作人奴婢受他
驅役。恒不自在。若昔人中。曾聞世尊藥師琉璃光如
來名號。由此善因今復憶念至心歸依以佛神力眾苦解
脫。諸根聰利智慧多聞。恒求勝法常遇善友。永斷魔
羂破無明。竭煩惱河解脫一切生老病死憂愁苦惱。

復次曼殊室利。若諸有情好憙乖離更相鬥訟惱亂自
他。以身語意造作增長種種惡業。展轉常為不饒益
事。互相謀害。告召山林樹塚等神。殺諸眾生取其
血肉祭祀藥叉羅剎娑等。書怨人名作其形像以惡咒
術而咒咀之。厭媚蠱道咒起屍鬼。令斷彼命及壞其
身。是諸有情若得聞此藥師琉璃光如來名號彼諸惡
事悉不能害。一切展轉皆起慈心。利益安樂無損惱
意及嫌恨心。各各歡悅於自所受生於喜足。不相侵
凌互為饒益。

復次曼殊室利。若有四眾苾芻苾芻尼鄔波索迦鄔波斯
迦。及餘淨信善男子善女人等。有能受持八分齋戒。

或經一年或復三月受持學處。以此善根願生西方極樂
世界無量壽佛所。聽聞正法而未定者。若聞世尊藥師
琉璃光如來名號。臨命終時有八菩薩。乘神通來示其
道路。即於彼界種種雜色眾寶華中自然化生。或有因
此生於天上。雖生天中而本善根亦未窮盡。不復更生
諸餘惡趣。天上壽盡還生人間。或為輪王統攝四洲。
威德自在安立無量百千有情於十善道。或生剎帝利婆
羅門居士大家。多饒財寶倉庫盈溢。形相端嚴眷屬具
足。聰明智慧。勇健威猛如大力士。若是女人得聞世
尊藥師如來名號至心受持。於後不復更受女身。

爾時曼殊室利童子白佛言。世尊我當誓於像法轉時。
以種種方便。令諸淨信善男 子善女人等得聞世尊藥
師琉璃光如來名號。乃至睡中亦以佛名覺悟其耳。世
尊若於此經受持讀誦。或復為他演說開示。若自書
若教人書。恭敬尊重以種種花香塗香末香燒香花鬘瓔
珞幡蓋伎樂而為供養。以五色綵作囊盛之。掃灑淨處
敷設高座而用安處。爾時四大天王與其眷屬及餘無量
百千天眾。皆詣其所供養守護。世尊若此經寶流行之
處。有能受持。以彼世尊藥師琉璃光如來本願功德及

聞名號。當知是處無復橫死。亦復不為諸惡鬼神奪其精氣。設已奪者還得如故。身心安樂。

佛告曼殊室利。如是如是如汝所說。曼殊室利。若有淨信善男子善女人等。欲供養彼世尊藥師琉璃光如來者。應先造立彼佛形像敷清淨座而安處之。散種種花燒種種香。以種種幢幡莊嚴其處。七日七夜受持八分齋戒。食清淨食澡浴香潔著新淨衣。應生無垢濁心無怒害心。於一切有情起利益安樂慈悲喜捨平等之心。鼓樂歌讚右繞佛像。復應念彼如來本願功德讀誦此經思惟其義演說開示。隨所樂求一切皆遂。求長壽得長壽。求富饒得富饒。求官位得官位。求男女得男女。若復有人忽得惡夢。見諸惡相或怪鳥來集。或於住處百怪出現。此人若以眾妙資具。恭敬供養彼世尊藥師琉璃光如來者。惡夢惡相諸不吉祥皆悉隱沒不能為患。或有水火刀毒懸嶮惡象師子虎狼熊羆毒蛇惡蠍蜈蚣蚰蜓蚊虻等怖。若能至心憶念彼佛恭敬供養。一切怖畏皆得解脫。若他國侵擾盜賊反亂。憶念恭敬彼如來者亦皆解脫。

復次曼殊室利。若有淨信善男子善女人等。乃至盡

形不事餘天。惟當一心歸佛法 僧受持禁戒。若五戒
十戒菩薩四百戒苾芻二百五十戒苾芻尼五百戒。於所
受中或有毀犯怖墮惡趣。若能專念彼佛名號恭敬供養
者。必定不受三惡趣生。或有女人臨當產時受於極
苦。若能至心稱名禮讚恭敬供養彼如來者。眾苦皆
除。所生之子身分具足。形色端正見者歡喜。利根聰
明安隱少病無有非人奪其精氣。

爾時世尊告阿難言。如我稱揚彼佛世尊藥師琉璃光如來
所有功德。此是諸佛甚深行處難可解了。汝為信不。阿
難白言。大德世尊。我於如來所說契經不生疑惑。所以
者何。一切如來身語意業無不清淨。世尊。此日月輪可令
墮落妙高山王可使傾動。諸佛所言無有異也。世尊。有諸
眾生信根不具。聞說諸佛甚深行處。作是思惟。云何但
念藥師琉璃光如來一佛名號便獲爾所功德勝利。由此不
信反生誹謗。彼於長夜失大利樂墮諸惡趣流轉無窮。佛
告阿難。是諸有情。若聞世尊藥師琉璃光如來名號。至
心受持不生疑惑。墮惡趣者無有是處。阿難。此是諸佛
甚深所行難可信解。汝今能受。當知皆是如來威力。阿
難。一切聲聞獨覺及未登地諸菩薩等。皆悉不能如實信

解。惟除一生所繫菩薩。阿難。人身難得。於三寶中信敬尊重亦難可得。得聞世尊藥師琉璃光如來名號復難於是。阿難。彼藥師琉璃光如來無量菩薩行。無量善巧方便。無量廣大願。我若一劫若一劫餘而廣說者。劫可速盡。彼佛行願善巧方便無有盡也。

爾時眾中有一菩薩摩訶薩。名曰救脫。即從座起偏袒右肩。右膝著地曲躬合掌。而白佛言。大德世尊。像法轉時。有諸眾生。為種種患之所困厄。長病羸瘦不能飲食。喉脣乾燥見諸方暗。死相現前。父母親屬朋友知識啼泣圍繞。然彼自身臥在本處。見琰魔使引其神識至于琰魔法王之前。然諸有情有俱生神。隨其所作若罪若福皆具書之。盡持授與琰魔法王。爾時彼王推問其人。算計所作隨其罪福而處斷之。時彼病人親屬知識。若能為彼歸依世尊藥師琉璃光如來。請諸眾僧轉讀此經。然七層之燈懸五色續命神幡。或有是處彼識得還。如在夢中明了自見。或經七日或二十一日或三十五日或四十九日。彼識還時。如從夢覺皆自憶知善不善業所得果報。由自證見業果報故。乃至命難亦不造作諸惡之業。是故淨信善男子善女人等。皆應

受持藥師琉璃光如來名號。隨力所能恭敬供養。

爾時阿難問救脫菩薩曰。善男子。應云何恭敬供養彼世尊藥師琉璃光如來。續命幡燈復云何造。救脫菩薩言。大德。若有病人欲脫病苦。當為其人。七日七夜受持八分齋戒。應以飲食及餘資具。隨力所辦供養苾芻僧。晝夜六時禮拜供養彼世尊藥師琉璃光如來。讀誦此經四十九遍。然四十九燈。造彼如來形像七軀。一一像前各置七燈。一一燈量大如車輪。乃至四十九日光明不絕。造五色綵幡長四十九搩手。應放雜類眾生至四十九。可得過度危厄之難。不為諸橫惡鬼所持。

復次阿難。若剎帝利灌頂王等。災難起時。所謂人眾疾疫難。他國侵逼難。自界叛逆難。星宿變怪難。日月薄蝕難。非時風雨難。過時不雨難。彼剎帝利灌頂王等。爾時應於一切有情起慈悲心赦諸繫閉依前所說供養之法供養彼世尊藥師琉璃光如來。

由此善根及彼如來本願力故。令其國界即得安隱。風

雨順時穀稼成熟。一切有情無病歡樂。於其國中。無
有暴虐藥叉等神惱有情者。一切惡相皆即隱沒。而剎
帝利灌頂王等。壽命色力無病自在皆得增益。阿難若
帝后妃主儲君王子大臣輔相中宮采女百官黎庶。為病
所苦及餘厄難。亦應造立五色神旛然燈續明。放諸生
命。散雜色華燒眾名香。病得除愈眾難解脫。

爾時阿難問救脫菩薩言。善男子。云何已盡之命而
可增益。救脫菩薩言。大德。 汝豈不聞如來說有九
橫死耶。是故勸造續命幡燈修諸福德。以修福故盡其
壽命不經苦患。阿難問言。九橫云何。救脫菩薩言。
有諸有情。得病雖輕然無醫藥及看病者。設復遇醫授
以非藥。實不應死而便橫死。又信世間邪魔外道妖之
師。妄說禍福便生恐動。心不自正卜問覓禍。殺種種
眾生解奏神明呼諸魍魎請乞福祐欲冀延年。終不能
得。愚癡迷惑信邪倒見。遂令橫死入於地獄無有出
期。是名初橫。二者橫被王法之所誅戮。三者畋獵嬉
戲。耽婬嗜酒放逸無度。橫為非人奪其精氣。四者橫
為火焚。五者橫為水溺。六者橫為種種惡獸所噉。七
者橫墮山崖。八者橫為毒藥厭禱呪咀起屍鬼等之所中

害。九者飢渴所困不得飲食而便橫死。是為如來略說橫死有此九種。其餘復有無量諸橫難可具說。

復次阿難。彼琰魔王主領世間名籍之記。若諸有情不孝五逆破辱三寶壞君臣法毀 於信戒。琰魔法王隨罪輕重考而罰之。是故我今勸諸有情然燈造幡放生修福。令度苦厄不遭眾難。

爾時眾中有十二藥叉大將俱在會坐。所謂。宮毘羅大將。伐折羅大將。迷企羅大將。安底羅大將。頞儞羅大將。珊底羅大將。因達羅大將。波夷羅大將。摩虎羅大將。真達羅大將。招杜羅大將。毘羯羅大將。

此十二藥叉大將。一一各有七千藥叉以為眷屬。同時舉聲白佛言。世尊。我等今 者蒙佛威力。得聞世尊藥師琉璃光如來名號。不復更有惡趣之怖。我等相率皆同一心。乃至盡形歸佛法僧。誓當荷負一切有情為作義利饒益安樂。隨於何等村城國邑空閑林中。若有流布此經或復受持藥師琉璃光如來名號恭敬供養者。我等眷屬衛護是人。皆使解脫一切苦難。諸有願求悉

令滿足。或有疾厄求度脫者。亦應讀誦此經以五色縷結我名字得如願已然後解結。

爾時世尊讚諸藥叉大將言。善哉善哉大藥叉將。汝等念報世尊藥師琉璃光如來恩 德者。常應如是利益安樂一切有情。

爾時阿難白佛言。世尊。當何名此法門我等云何奉持。佛告阿難。此法門名說藥 師琉璃光如來本願功德。亦名說十二神將饒益有情結願神呪。亦名拔除一切業障。應如是持。時薄伽梵說是語已。諸菩薩摩訶薩及大聲聞。國王大臣婆羅門居士。天龍藥叉揵達縛阿素洛揭路茶緊捺洛莫呼洛伽人非人等。一切大眾聞佛所說。皆大歡喜信受奉行

（弟子賈崇俊願平安廣德二年十二月十五日發心寫藥師經一卷）

在沒有佛法的地方，文字是親近佛法的重要管道；
在無法親耳聆聽上師開示的時候，文字是聞思佛法的機會。
在這個時代，佛書的出版志業是傳揚佛陀法教的一種重要媒介。

—— 創古仁波切

創 古 文 化
Thrangu Dharmakara

古文化由堪千創古仁波切於2009年在香港成立。宗旨是希望透過書籍、雜誌、結緣書以
多媒體等出版媒介，讓更多人接觸佛陀正法，透過學習及思惟而對佛法產生正信，進而在
慈上師的引導下努力實修，得到解脫的智慧，擁有喜樂自在的人生。
古文化也以保存、發展和推廣藏傳佛教與文化為志業，是佛陀正法和有緣眾生之間的一座
梁。願一切有情都能早證菩提！

幸運到老：
老年修行入門手冊

國家圖書館出版品預行編目資料

幸運到老:老年修行入門手冊 / 第9世堪千
創古仁波切講述;阿尼蔣秋卓瑪 藏譯
-- 初版 .-- 新北市:香港創古法源文化,
2017.04 面;17×22公分 .--
ISBN 978-986-93108-6-4（平裝）
1. 藏傳佛教 2. 佛教修持 3. 老年

226.965   106003727

講　　　述	第9世堪千創古仁波切
藏 譯 中	阿尼蔣秋卓瑪
審　　　訂	堪布羅卓丹傑
發 行 人	堪布達華
總　　　監	堪布羅卓丹傑
社　　　長	阿尼蔣秋卓瑪
責 任 編 輯	賴純美
平 面 設 計	廖勁智

臺灣出版	香港創古法源文化有限公司
	地址：23147 新北市新店區北新路 1 段 293 號 16F-7
	網址：www.tdp.com.hk　email：dharmahk.info@gmail.com
發　　行	臺灣：法源文化有限公司
	電話：886-2-8665-0198 / 0917-251-171
	香港：香港九龍觀塘成業街 11-13 號 9 樓 907 室
	電話：852-2760-8223　傳真：852-2760-8618
臺灣總經銷	紅螞蟻圖書有限公司
	地址：台北市114內湖區舊宗路2段121巷19號 2 樓
	電話：02-27953656　　傳真：02-27954100 -8218-6458

印　　刷：博創印藝文化事業有限公司
初版一刷：2017 年 4 月
初版二刷：2017 年 12 月
I S B N：978-986-93108-6-4（平裝）
定　　價：200 元（HK$70 元）